卢卡斯日记法
通过日记取得进步的指南

Translated to Chinese from the English version of

The Lucas Journaling Method

Samantha Gail B. Lucas

Ukiyoto Publishing

所有全球出版权均由

浮世出版社

发布于 2023 年

内容版权所有 © Samantha Gail B. Lucas

ISBN 9789359209289

版权所有。

未经出版商事先许可，不得以任何方式（电子、机械、复印、录制或其他方式）复制、传播本出版物的任何部分或将其存储在检索系统中。

作者的精神权利已得到维护。

出售本书的条件是，未经出版商事先同意，不得通过贸易或其他方式出借、转售、出租或以其他方式流通本，不得以任何形式的装订或封面形式（除原版外）。发表。

www.ukiyoto.com

致谢

我要感谢我的母亲谢丽尔和已故的父亲马里奥对我的教育的投资并鼓励我追寻自己的梦想。

我还要感谢我的搭档米格尔·洛佩兹（Miguel Lopez）始终支持我。

我还要感谢所有支持我和我的书的人。感谢您也购买了这本书！我希望你的恩情能得到十倍的回报。

内容

介绍	1
视觉平衡的艺术	3
前进箭头	5
向后箭头	8
双箭头	11
如何平衡你的箭	13
如何选择你的战斗	15
如何与双箭相处	18
如何停止关心别人的想法	20
如何消除有毒的人	22
如何选择自己	24
如何原谅自己	27
如何坚持你的价值观	29
如何相信自己	31
如何确定前进的优先顺序	33
如何写你的梦想成真	35

如何有目的地写日记	38
如何忍受你的后向箭头	40
如何通过写日记改变你的方向	42
如何获胜并继续前进	44
关于作者	46

萨曼莎·盖尔·B·卢卡斯

介绍

我写这本书是为了解决个人问题。我写日记已经很多年了，这种做法帮助我写了书。我还学会了如何通过日记处理我的个人问题。正是在一次写日记的过程中，我意识到我可以开发一个模拟系统来简化写下一个人的胜利、问题和事件的做法，这些胜利、问题和事件可能是积极的，也可能是消极的。这听起来很有趣，我持续思考了好几天。

在继续之前，请允许我向您介绍一下自己。我叫萨曼莎·卢卡斯。我是一位居住在菲律宾奎松市的出版作家。我的背景是金融和写作，但我是文科大学的产物。我在大学里专注于人文学科，因为我想更多地了解文学和历史，以及其他学科，例如哲学。我也很喜欢写作，我觉得这种技能可以通过不断接触最好的书籍和艺术来提高。我很感激我的背景，因为它为我的职业生涯做好了准备。我首先从银行和金融开始，后来开始全职写作。疫情期间，我探索了写作的机会，后来通过写日记得到了改善。

我通过网络研讨会发现了写日记，并通过日常练习养成了日常习惯。最终，我在日记中写下了我的第一本书《*Speak Blog Live*》的手稿。我于

2021 年 10 月出版了它，剩下的就成为历史了。我现在有十三本书，作为一名出版作家，我的职业生涯蒸蒸日上。

我很感激有机会利用我的写作技巧来制作在世界各地销售的书籍。已经涵盖了帮助自己和建立界限等主题后，我决定是时候分享我开发的日记系统了。它对我很有用，就我个人而言，我知道这也将帮助其他人度过生活和应对自己的挑战。经过几天的计划和概述，我决定继续编写自己的日记方法，我将其命名为"卢卡斯日记方法"。

在这种方法中，我使用箭头来表示胜利、挫折以及积极和消极的事件，我称之为双箭头。我想澄清一下，我对箭头的使用不是数学意义上的。相反，我使用箭头是为了让更多人更容易理解和直接地使用日记条目。我很高兴与大家分享这个方法，因为它消除了日记的冗长，并且由于箭头的简单性而更容易成为一种习惯。最后，我用这个方法玩得很开心。我知道，如果某件事既有趣又有吸引力，那么在日常生活中实施它就会更容易。

我希望卢卡斯日记法或 LJMethod 能够帮助更多的人通过自己的想法工作并改善他们的生活。它改变了我的生活。我知道它也有可能改善其他人的生活。我希望 LJMethod 能够简化日记，以便更多的人能够前进。

视觉平衡的艺术

找相信日记中最令人生畏的部分是空白页。凝视空虚可能会令人畏惧，尤其是当您不知道该写什么时。空白页启发我制定视觉平衡的艺术，这是卢卡斯日记法的核心原则。我认为，如果我们用箭头来代表我们的感受，我们就可以轻松克服对空白页的恐惧。写日记将变得轻而易举。

我使用"平衡"这个词是因为我相信，如果我们在日记中看到一种秩序感，我们就会感觉自己的情绪负担减轻了。这个系统对我来说很有效，这就是为什么我很高兴与您分享它。首先，你必须从箭头开始。向前的箭头→代表你的胜利、快乐的想法和喜悦。向后箭头←代表你的损失、悲伤的想法和你的担忧。双箭头 ↔ 代表一种想法或感觉，可以是积极的，也可以是消极的。这些箭头后面将附有对该感觉或情绪的解释。例如，我写道：

→ *我今天能够写出手稿的一章。再次写书真是令人兴奋。我忘记了整理自己的想法并创作一本书是多么令人愉快。*

← *今天早上我不想锻炼，所以午餐后我改变了我的有氧运动计划。*

↔ *我的锻炼很累。这也很充实，因为我今天练了跆拳道。这让我感到自由。*

您会注意到，在我的例子中，我没有就我的感受写下冗长的解释。这很好，尤其是当你刚刚开始写日记时。关键是要养成写日记的习惯。只有当你看到自己行为的价值时，习惯才会养成。如果你能从这次实践中有所收获，你的行动就会很有价值。如果写日记后你感觉好多了，那么你最终就会养成每天写作的习惯，你会喜欢和欣赏这种习惯。

我称这个系统为视觉平衡，因为我希望每个向后箭头都有一个向前箭头。当然，我们知道这并不总是可能的。然而，我们总是可以想到一些小胜利，可以让页面变得更好。我们还可以想到双箭头，它代表可能令人筋疲力尽但最终令人满意的事件。关键是要知道我们的日子不仅仅是负面的。我们这一生还有很多积极的经历。

请记住，您的目标是养成每天写日记的习惯。从视觉平衡的艺术开始。写下你的经历和想法，并用箭头表示。在你前进的过程中写下更多的想法。最重要的部分是你只管写。最终，您会发现空白页面并没有那么令人生畏。

空白页面可以成为您视觉平衡艺术的朋友。

前进箭头

既然您已经了解了视觉平衡的全部内容，那么让我解释一下前进箭头的含义。在卢卡斯日记法或 LJMethod 中，向前箭头 → 是积极、快乐或快乐的事物的视觉提示。它应该会让你兴奋地写下它，并给你一种前进的感觉。以下是我日记中的一些向前箭头条目的示例：

→ *我今天早上收到了我写的书。虽然电子书如今风靡一时，但持有我所写的东西的实体副本仍然有一些神奇之处。*

→ *我今天完成了在线课程。虽然这与我作为出版作家的工作无关，但我发现学习新技能很有价值，因为它让我感觉年轻和敏捷。*

→ *今天我比平常起得早。它让我可以在早上其他人还在睡觉时写第一件事。*

正如您所看到的，我的前进箭头条目非常简单明了。我相信，当你把所有的小胜利放在一起时，就会增加价值。你永远不应该低估你的小胜利的力量。在当今快节奏的世界中，最好坚持那些让我们快乐和满足的事情和事件。没有什么比用向前箭头表示它们更能在视觉上吸引人的了。它唤起人们朝着正确方向前进。它可以帮助您认识到，即使在某些日子，向前箭头的数量超过向后箭头的数量，您也必须继续前进。

我想到用向前的箭头来代表幸福，因为每当我感觉很棒时，我就会不断地移动。我喜欢锻炼，所以每当我精力充沛并准备好抓住这一天时尤其如此。当我在日记中的前进箭头旁边写下我的胜利时，我记得我为实现目标所花费的精力。我记得我是如何通过向后箭头作为改善我的一天的机会来扭转我的一天的。我在自己的旅程中采取了行动，因为视觉平衡教会我将自己的感受和情绪视为箭头，可以根据我对它们所做的事情来改变它们的方向。

前向箭头的美妙之处在于它们可以培养前瞻性思维。你不会因为倾向于改变自己的方向并在日记中直观地表现出来而感到痛苦。您知道您可以选择如何度过这一天。当你无法控制自己的一天时，你知道你仍然可以控制自己的反应以及最终的方向。

一旦你习惯了用前进箭头来表示你的胜利，你就会知道，即使你的圈子可能会拖垮你，继续前进也是可以的。然后你会意识到有些人应该被抛在后面，因为他们没有帮助你前进。你会意识到你自己就是一支前进的箭，因为你不断前进并达到了自己的人生目标。即使一路上有倒退的箭，你也有能力成为人生中获胜的前进箭。这些只是可以扭转的挑战。

改变你的方向是可能的,因为你在这个世界上随着时间和你的心态不断前进。

向后箭头

瓦我们知道生活并不完美。例如,我经历过很多损失,这些损失对我的生活产生了很大的影响和影响。然而,我并没有让这些事件使我脱轨和崩溃。相反,我设计了一种以视觉方式表示它们的方法,以便识别它们并进一步阐述它们。我选择用向后箭头来代表损失和悲伤事件。

在卢卡斯日记方法或 LJ 方法中,向后箭头显示当您经历悲伤、失落、痛苦和情绪低落时您的感受所采取的方向。它也可以代表挫折和挑战。任何让你感到沉重的东西都可以用向后箭头来表示。例如,以下是我的一些带有此符号的日记条目:

← *今天,有人在社交媒体上攻击我。我选择忽略那个人,因为他个人不认识我。我应该更了解。*

← *我想参加的会议没有被接受。我提醒自己,这只是一个活动,将来我还会举办其他活动,让我被接受。*

← *一位以前的朋友对我的一篇帖子留下了刻薄的评论。我拒绝参与，并决定删除她的评论。我也永久屏蔽了她。*

如果您注意到我如何撰写日记条目，就会表明我是一个以解决方案为基础的人。我的方法是始终找到解决问题的方法。这可能很简单，但它对我一生都有效。现在我是一名出版作家，我经常收到来自陌生人和我认识的人的令人不快的评论。每当我遇到这些刻薄的评论时，我都会感到受伤和冒犯，但我了解到他们并不是希望我过得更好。我不会与他们互动，而是删除他们的评论并继续我的一天。如果评论来自我认识的人，那么我就会屏蔽它们。我无法取悦所有人，但我相信我的价值观、原则、真理和工作。那些只想让我跌倒的人在我的生活中没有容身之地。他们的话只是不经过我的陈述，因为就像代表他们的向后箭头一样，他们只是离开了我。

在视觉上平衡这些向后和向前箭头的关键是在生活中的消极事件中找到积极的一面。例如，我倾向于写一个向前箭头，然后在描述向后箭头的解决方案后解释一些令我高兴的事情。我还了解到，向后箭头条目可以重复几天、几周甚至几个月。例如，我以前遇到过一个反复出现的问题，但最终得到了解决。多年来我在向后箭头旁边写了这个问题。一旦我能够克服它，我通过过去的条目意识到我总是用我的前进箭头条目来解决它。

这就是为什么我相信通过箭头实现视觉平衡不仅仅是简化日记艺术。它还涉及解决问题，这可以带来更好、更轻松的生活。

我希望 LJMethod 可以帮助您通过代表暂时挫折的向后箭头来转变您的观点。

萨曼莎·盖尔·B·卢卡斯

双箭头

时间这是关于生活中快乐和悲伤的时刻的一些诚实和谦卑的东西。我在上次与前伴侣分手时经历过这些时刻。他不支持我的职业生涯,这就是为什么我能够在保持尊严的情况下继续前进。我意识到我从那次分离中吸取的教训也可以帮助其他人,所以我在 2022 年写了《分手吧》一书。这本书是我在这段令人心碎的日记中写成的,用双箭头表示。

在卢卡斯日记法或 LJMethod 的上下文中,双箭头 ↔ 代表事件、事件、里程碑和发生的事情,无论好坏,快乐还是悲伤。回到我的例子,即分手,后来成为我书的主题,我能够用双箭头处理我的分手。以下是我当时的一些日记:

↔ *我终于摆脱了我以前的伴侣。我很伤心,因为我们在一起有美好的回忆。然而,我也渴望继续前进,因为他不支持我的职业生涯。*

↔ *我很伤心,但我很高兴能再次享受自己的陪伴。*

↔ *我怀念每天跟别人打招呼"早上好"。不过,我也很高兴,我不再需要和一个总是让我感到渺小的人打招呼。*

↔ *我想念每天和他说话。然而，我也很高兴我现在有更多的时间来写书。*

正如你所看到的，我能够通过双箭头打破我的关系的结局。这让我意识到，虽然和他在一起时我在倒退，但因为不再和他在一起，我仍然可以前进。这些双箭头每天早上都给我一个选择。我会沉溺于自怜中，还是会给自己一个治愈和重新写作的机会？我选择了后者。我继续前进，专注于自己，继续写书，然后又开始外出。最终，我遇到了现在的伴侣。他支持我的工作并给予我追求梦想的自由。

我可以说我的双箭头将我从向后箭头连接到向前箭头。我能够通过写日记来帮助自己，因为我能够找到自己的方式。感谢我的视觉平衡系统，我能够从伤心中恢复过来，努力锻炼自己，并成为一个更好的人。我也成为了我想要的伴侣，这标志着我和我的伴侣在一起的时机到了。

我希望您也能通过理解生活中的双箭头来找到应对挑战和机遇的方法。您可以使用我的LJMethod 来帮助自己治愈、放松并继续前进。尝试一下总没有坏处。日记帮助我治愈了痛苦，我知道我的方法也可以帮助你继续前进，成为最好的自己！

如何平衡你的箭

现在，您已经知道卢卡斯日记法或 LJMethod 是如何工作的。这是一种简单、直接的日记形式，我设计它的目的是简化写下你的想法以处理你的感受的过程。我使用箭头作为视觉平衡艺术的核心设计元素，这是 LJMethod 的核心原则。通过使用箭头，我消除了与空白页相关的恐惧元素，因为箭头会立即向您显示您的感受的方向。现在，我将与您讨论如何平衡您的箭头，这是一个非常不平衡的世界中的一个主要问题。

为了帮助您平衡箭头，请务必注意我们在这里谈论的是可视化。由于日记是一门非常视觉化的艺术，因此设计一种通过符号来解决自己问题的方法非常重要。在这种情况下，我们将使用箭头。向前箭头→代表快乐的感觉，向后箭头←代表悲伤或愤怒的感觉。双箭头 ↔ 代表一种感觉，可以是积极的，也可以是消极的。如果您将它们全部放在日记条目中，它可以向您展示您一天的情况的摘要。它还可以向您展示您的感受流向、您在箭头旁边的解释中应用的解决方案，以及您的生活通过箭头所走的方向。

通过平衡，您可以在特别重的向后箭头后面放置一个向前箭头。如果有一个重复出现的向后箭头，那么您可以将解决方案分解为多个块。例如，您可以每天在日记中写下这个向后箭头，直到解决为止。在该向后箭头及其相应的解释之后，您可以放置一个向前箭头来表示您处于解决方案的哪个阶段，以及您对所取得的进展的感受。您还可以在此之后放置一个双箭头，以表示您对问题正在慢慢解决而感到宽慰，但它仍然存在于您的生活中。这可能不是一个完美的平衡，但至少你正在采取必要的步骤来前进。这个前进的方向可以从字面上理解为你生活中基于解决方案的行动，也可以从视觉上理解为你的视觉平衡系统。

请记住，平衡箭头的关键是找到解决问题、负面情绪和情绪的方法。也许并不是所有事情都有解决方案，但我相信总会有下一步。尝试考虑当您遇到问题时可以采取的步骤。如果目前没有发生任何事情，则暂时用双箭头表示。也许明天会是更好的一天，可以找到可以用向前箭头表示的解决方案。

前进和后退箭头之间可能永远不会有理想的平衡，但它始终与您为了找到解决方案和进步而采取的方向有关。今天就通过写日记找到平衡！

如何选择你的战斗

卢卡斯日记法（LJMethod）的一个重要组成部分就是选择你的战斗。你可能想知道这和写作有什么关系，但让我告诉你，这一切都与写作有关。选择你的战斗需要感受、洞察力和前进。正如我们在前面的章节中讨论的，我们的目标是通过箭头实现视觉平衡。现在我们知道，向前箭头 → 象征着前进。这就是为什么选择你的战斗是一项可以通过 LJMethod 增强的技能，这甚至可以挽救你的生命。

让我与您分享一个个人例子。几年前，我和我的亲密朋友之间经历了一段痛苦的裂痕。其中一人指责我做了一些我没有犯下的事情。让我感到难过的是，我的朋友们都站在彼此一边，尽管有多年的友谊，他们仍然觉得我有能力做一些非常错误的事情。我心里知道我是对的，但我也知道，自我辩护和证明自己的清白会让我感到压力和焦虑。所以，我没有把所有的挫败感都发泄在他们身上，而是直接走开了。为什么？因为我更看重内心的平静和心理健康。我知道我没有对他们做什么，到时候就会说出真相。

那件事已经过去几年了，现在已经很清楚了，我与他们的指控无关。我再也没有和他们说过话，他们也从未试图联系我。我意识到我们应该消除生活中的一些人。我们也应该让时间帮助我们前进和治愈。当然，我了解到，通过选择我的战斗，我能够保持我的尊严和内心的平静。

我通过写日记来处理这些想法和感受。通过应用视觉平衡的艺术，我用向后箭头←代表背叛。这是我日记中近一年来反复出现的条目。我感到被我的亲密朋友背叛了，那是痛苦的。不过，我也确保每次都写一个前进箭头 → 条目。这可以代表阅读一本自助书籍，在漫长的一天结束后购买冰淇淋，或者锻炼来克服我的愤怒。最后，我用双箭头↔代表失去我的朋友。失去朋友是痛苦的，但让错误的人永远离开我也是一种解脱。这些条目在我的日记中保存了几个月，直到我终于能够克服对这件事的悲伤。

现在，我专注于前进并在日记中写下更多前进的箭头。事实上，这些天我和我的新朋友以及所有帮助我从不幸事件中恢复过来的爱好一起感到更加高兴。

通过选择你的战斗，你可以使自己免于陷入徒劳的境地。你可以用你的精力来解决其他问题。你可以和其他真正关心你的人在一起。你可以专注于自己，而不是陷入一场毫无价值的战斗。请记住，LJMethod 可以帮助您处理这些想法并继续前进。你所要做的就是好好辨别，让时间治愈你的伤口。

你有能力成为前进的箭头→你真正的样子。永远不要停止相信自己!

如何与双箭相处

卢卡斯日记法（LJMethod）中的双箭头指的是既积极又消极的事件、情绪和感受。例如，以下是我的一些双箭头 ↔ 条目：

↔ *今天纪念我已故的父亲。悲伤总是在最奇怪的时刻出现。当收音机里播放着他喜欢的歌曲时，我才想起了他。不过，我很高兴他不再感到痛苦。*

↔ *今天的训练很有挑战性，因为它比我平时的训练组长。不过，训练结束后我感觉好多了，我感觉自己已经准备好征服世界了！*

↔ *今天我在我家附近的这家新咖啡馆喝了浓咖啡。但这让我心悸不已。也许我应该点一份他们的冰咖啡饮料。*

在我的第一个样本条目中，我分享了悲伤如何让我感到悲伤，但也很高兴我已故的父亲不再患有癌症。我的第二个例子展示了艰苦的锻炼如何让我感到疲倦，但我也准备好抓住这一天。同时，我的第三个例子展示了我生活中的一个常见现象：浓咖啡让我快乐，但也让我心悸。这些双箭头既有积极的一面，也有消极的一面，我觉得它们确实让我的生活变得更有趣。例如，那杯浓咖啡确实让我感到不舒服，但我能够保持足够的清醒来写这一章。那次锻炼可能很累，但它让我感觉很坚强。最后，悲伤可能会在最随机的时刻出现，这也可以提醒我，我已故的亲人已经在更好的地方了。

这些双箭头实际上实现了 LJMethod 的宗旨：视觉平衡。然而，总体来说，拥有前进的箭头仍然更好，这可以让生活变得有价值。毕竟，幸福才是人生的最终目标。

我通过提醒自己生命中的时刻是暂时的和转瞬即逝的来平衡我的双箭头。未来我会有快乐的时刻，也有悲伤的时刻，这都没关系。无聊的生活是由单调组成的。我更感兴趣的是实现平衡，让我感觉自己过着最好的生活，这让我能够将它传递给周围的人。过上最好的生活提醒我应该按照自己的意愿生活，而不是满足别人的期望。

花一些时间评估您的哪些条目是双箭头，以及它们如何让您的生活变得更有趣。用生活的一部分的前进和后退箭头来平衡它们。归根结底，视觉平衡是看看你如何与你的经历联系起来，以及它们如何影响你。请记住，你的生活由你负责。这只是您的旅程。LJMethod 只是一个工具，让您了解如何以视觉方式平衡时刻。

如何停止关心别人的想法

是您需要记住，写日记是一项非常个人化的活动。您的日记完全属于您自己。它不适合其他人阅读，这是您的安全空间。一旦你意识到这是你卸载想法并用箭头直观地表示它们的空间，你将不再关心别人对你的看法。你的日记不关别人的事，只关你自己的事。

这个世界已经存在很多复杂性和不确定性。让你的日记易于你接近并诚实地对待。不要在意别人的想法。

您的决定基于您自己的选择。如果人们告诉你他们的意见，请记住他们只是意见。它们不一定是事实。选择能表达你的真实想法的事实，并坚持下去。活出你的真理。为你所信仰的东西而奋斗。保持自己的本性。不要再关心别人对你的看法。

您撰写条目的方式与他人的意见无关。你用箭头表达你的想法的方式与其他人的麻木不仁无关。他们说这些话是为了伤害你、让你失望。记住你的前进箭头→，并知道它们会引导你远离那些对你没什么好话可说的人。

请记住，您的前进箭头 → 象征您的前瞻性思维和您实现梦想的方向。不要再关心别人对你的梦想的看法或言论。这些都是你的梦想。这是你的人生。他们应该管好自己的事。

写日记应该具有治疗作用。你应该停止认为有人在你上方徘徊来评判你。没有人在评判你。别再关心别人对你的评判。

当您的条目上似乎有很多向后箭头 ← 时，请尝试写一些向前箭头 → 因为总会有一些积极的事情发生在您身上。也许您可以重新评估某些向后箭头 ← 是否确实是双箭头 ↔ 。

你的日记，你的规则，你的箭头→←↔是你的战斗、目标、胜利和庆祝活动。你应该努力让你的梦想成为现实，而不是关心别人的想法。他们的期望毫无根据。

我制定了卢卡斯日记方法或 LJMethod，让你的日记成为你的安全空间。不要认为你需要满足别人的期望才能写下你的生活。你自己的故事让你的生活变得独特、有趣、有趣。你的挑战就是你自己的机会。您的胜利证明了您的辛勤工作和技能。您在日记中所写的事实本身就已经证明了您为提高自己并让生活变得更好而付出的努力。这从来都不是关于他们的，因为它总是关于你的。

你的生活，你的规则。你的箭头→←↔，你的方向。继续写吧。

如何消除有毒的人

磷成长的艺术就是放弃那些不支持你的人。做到这一点并不容易，尤其是如果你以前非常尊重他们的话。然而，你必须放他们走，因为他们对你有害。他们选择说伤人的话，这是不好的。幸运的是，写日记可以帮助你专注于消除生活中有毒的人。让我与您分享我是如何做到的。

我需要一个系统来帮助我专注于放弃困难和残忍的人。我使用卢卡斯日记法或 LJMethod 来提醒自己这些人是如何对待我的，以及为什么他们应该从我的生活中消失。我在向后箭头←旁边列出了他们的有毒特征和评论，然后在向前箭头→旁边写下了我选择自己的原因。然后，我在双箭头↔旁边写下了放手是必须的。这是因为从我的生活中消除人们是令人悲伤的，但我也很高兴看到自己在没有他们的情况下茁壮成长。我这样做，直到我意识到没有他们我也能成功，并且我有能力重新开始。

有毒的人除了看到你失败之外没有其他目的。他们不希望你幸福或成功。他们会很高兴看到你失去一切，但他们无法理解你辛勤工作的价值。从长远来看，放弃它们将帮助你取得成功。您不仅将有更多的时间来创建内容，而且还能够专注于您的工作，而不会听到他们不必要的言论。您还将遇到更好的人，他们可以成为您生活的一部分。您不必与不支持您的人呆在一起。

请记住，日记只是帮助您消除有毒人群的工具。是否让他们离开并继续没有他们的生活仍然取决于你。不要再认为你有义务取悦和理解他们。您不需要这样做。相反，您需要专注于自己和工作。现在就让他们走吧，带着你的尊严走开。

跟随你的前进箭头→，让它们引导你远离那些对你刻薄的人。他们会保持卑鄙，但你不必和他们呆在一起。永远选择自己，并继续前进。

如何选择自己

我制定卢卡斯日记法或 LJMethod 是因为我想要一种更简单的方法来记录和表达自己。对我来说，写日记体现了我选择把自己放在第一位。然而，选择自己并不总是那么容易。每当我优先考虑自己时，我都会感到内疚。但随着岁月的流逝，我渐渐长大，我意识到选择自己是一种自爱的行为。从那时起，我就一直把自己的幸福放在第一位。当然，我一定要写日记，以便跟踪我的进展并在漫长的一天后放松身心。

因为我想追踪自己的进展，所以我制定了 LJMethod，以便快速了解我的感受的进展。向前箭头 →、向后箭头 ← 和双箭头 ↔ 成为我关于我的想法、感受和情绪的视觉线索。在制定 LJMethod 之前，我有时觉得写日记是一件苦差事，因为在我看来，我需要填写一张空白页。我的日记方法消除了这种压力，因为即使我只写下三个箭头及其相应的条目，我也已经记录了当天的日记。

对我来说很重要的是，我的日记方法帮助我度过了艰难时期。我知道我的后向箭头←只是暂时的，所以我努力寻找解决方案，这些解决方案成为我的前向箭头→。我通过决定提高自己、找到问题的解决方案并采取正确的态度来做到这一点。看到我的想法用箭头排列，激励我去寻找解决方案，而不是沉迷于一切消极的事情。我很高兴我推动自己前进。

视觉平衡与日记条目的长度无关。这是为了记录并分享你对自己的感受。这是为了快速让自己知道这一天是如何度过的。这是关于选择你自己，因为你知道你的故事值得写。

我注意到，经过多年的日记和使用 LJMethod，我更容易记录真实的自我。我过去常常撰写日记条目，就好像它们是跨越几页的专题文章一样。现在，无论一天射三支箭还是十支箭，我都很高兴。这不是我写了多少想法。相反，这是关于我为自己出现的事实。

选择自己很重要，因为它会让你感到被重视和被爱。当你选择自己时，你就给了自己体验自爱和自我接受的机会。您可以通过每天写日记来释放自己的潜力。当你发现自己在这些页面中时，你会期待做更多你喜欢、重视和珍惜的事情。自爱是实现梦想和目标的关键。

写日记只是开始，展现自己。选择独自度过时间。选择优先考虑自己。选择以成长为中心的心态。选择每天进步选择你自己并简化你的生活。让我的日记方法带领您走向新的开始和更高的高度。

萨曼莎·盖尔·B·卢卡斯

如何原谅自己

我为了前进，你需要首先原谅自己。我在其他书中分享了原谅自己对我来说是多么困难，而且我仍在为此努力。卢卡斯日记法或 LJMethod 在帮助我做到这一点方面发挥了重要作用，我很高兴分享它如何让我一天一天地感到值得宽恕。

我做的第一件事就是出现。写日记是一种日常习惯，所以无论多忙，我都会确保有时间写日记。

我没有为此目的使用精美的笔记本。相反，我选择了在书店和办公用品店可以找到的笔记本。我还使用了中性笔，这些年来它对我很有用。我使用的笔记本激发了我真正的写作，而不是因为浪费了一本精美的笔记本而感到害怕。我也更喜欢在纸上滑动的笔，因为这模仿了我的思维流动。

第二步是用向后箭头←代表我的错误。这是一种视觉表现，主要是为了让我认识到错误实际上是在阻碍我，因为它们把我带向了倒退的方向。我会在这些向后箭头旁边写下我的错误，并且我会尽可能诚实。然后，我会以向前箭头的形式写下我的决心→如果这能带我走向幸福和满足的方向。如果我对解决方案感到苦乐参半，就像悲伤的情况一样，我会用双箭头 ↔ 表示。悲伤是一个终生的过程，让我感到悲伤，但我也在继续我的生活，所以这可以用双箭头↔来表示。最重要的是我坚定了前进的决心。

这不是我的错误，而是我的诚实和改正错误的决心。我从错误中吸取教训也很重要，因此我用向前箭头→表示我正在学习的教训和过程。在对自己诚实之后，我从自己所做的一切中学习。我相信这是我作为一个人成长和发展的正确方向。这使得写日记和为自己努力真的很值得。

我相信自我接纳是自我成长的重要组成部分。我的日记方法帮助我迈出了一些小步骤来原谅自己。通过用箭头表示我的错误和解决方案，我让自己看到前进在视觉上很简单。当我可以看到一个过程就在我面前时，这并不复杂。当我进行原谅自己的过程时，我就接受了真实的自己。这让我成长并成为一个更好的人。

我知道我还有很长的路要走。我每天都在写日记。我正在为自己而出现。我希望 LJMethod 可以帮助您认识到视觉平衡将您的宽恕过程简化为您可以看到、遵循和执行的公式。您拥有前进所需的一切。你只需要做你需要做的事情，就能积极地原谅自己。

如何坚持你的价值观

我的生活中遇到了许多挑战，这迫使我重新思考我的原则和价值观。然而，我选择了坚持自己的信念，我必须说，最终这是值得的。日记帮助我处理了我所有的感受，我知道这个习惯帮助我无论如何都坚持我的价值观。

我在个人生活中经历过一些我无法控制的冲突，我感到自己不够好。我用向后箭头←代表每一次挫折，然后我放置了一些我可以采取的改进措施。我用向前箭头→代表了每一个需要改进的决议。由于当时我对自己的冲突仍然感到困惑，所以我用双箭头↔代表了每一种质疑的感觉。对我来说，困惑的想法是双箭头↔，因为我知道出了什么问题，但我也在问自己如何才能做得更好。这使我能够分解我的经历以及我对它们的感受。最后，我意识到有些人对我很刻薄，而我将永远是一个未完成的作品。为了对付我的对手，我选择专注于自己。我努力保持正确的态度和心态。我锻炼身体，这样我每天都能感觉强壮。我写过类似这本的自助书籍。我想到了我的前进箭头→，它表明了我的前瞻性思维和人生方向。

生活从来都不是完美的，但坚持我的价值观让我有机会在冲突中成为更重要的人。我将悲伤视为一生的旅程，而不是让它完全消失。我欢迎改变，但我从未忽视对我来说重要的事情。我学会了保持灵活性，同时又不损害我的核心信念。

我还选择使用卢卡斯日记法或 LJMethod 每天记日记。视觉平衡技术帮助我一目了然地看到自己的价值观，以及每当我辨别自己的人生价值观时的思维过程。方便我在繁忙的工作之余查看自己的情况。我还寻找机会为他人服务，例如通过撰写有用的内容和为我支持的事业做志愿者。价值观是无价的原则，它使我成为一个更好的人，即使我确实远非完美。我的旅程中最重要的部分是我始终愿意学习和进步。

我知道总会有糟糕的日子。会有一些超出我控制范围的情况。有时候，成为一个更大的人是很困难的。但我很了解自己的价值观，并且我选择每天都坚持这些价值观。凭借信念、努力工作和自我意识，我知道我将度过我将面临的每一个挑战。

坚持你的价值观，并通过指导你了解它们的箭头记录它们。如果你专注于让你朝着你所选择的方向前进的因素，你的生活将会不断改善。

萨曼莎·盖尔·B·卢卡斯

如何相信自己

氧 创建卢卡斯日记方法或 LJMethod 的好处之一是我相信自己。经过多年的自我怀疑，我终于找到了解决自我破坏痛苦时刻的简单方法。虽然我不是心理学家，但我可以证明我的日记方法的有效性。我能够通过日记来追踪我的痛苦和情感旅程的模式。我相信这也会帮助你对自己充满信心。

LJMethod 有效的秘诀在于其视觉平衡组件。我在该方法中使用的箭头可以快速向您展示您的行为模式。每当你写日记时，你都必须完全诚实和开放，这种方法才能有效。写下当天发生的所有事情，包括困难的事情。用向前箭头 → 代表快乐的时刻和感受，用向后箭头 ← 代表悲伤的时刻和感受，用双箭头 ↔ 代表既快乐又悲伤的感受和时刻。然后，写下为什么这些条目让您感到快乐、悲伤、愤怒、沮丧或既快乐又悲伤。写完当天的条目后，查看其他日记条目。与向后箭头相比，向前箭头是否较多？哪个向后箭头重复出现？你的双箭头怎么样？如何将它们变成向前箭头？你总是朝着前进箭头的方向前进吗？这些问题可以通过另一个日记条目来回答，您也可以将其分解为箭头。

现在，看看您的条目。您一眼就会发现您能够克服很多挑战。您设法在日常生活中找到乐趣。你有能力做出明智的决定。你可以原谅自己。你能够处理困难的情况和情绪过山车。花点时间欣赏一下你的力量。现在，我鼓励你真正对自己有信心。相信你自己。你已经做到了这一步。

让写日记成为一种习惯，让 LJMethod 引导您相信自己。我知道一开始并不容易，但如果你用我的方法每天写日记，它就会变得平静和轻松。我喜欢在睡觉前练习 LJMethod。它帮助我睡得更好，因为我知道我已经处理了一天中的感受和时刻。

请记住，箭头不会说谎。你做对了很多事情。你能够处理你的情绪。你能够克服挫折。您将挑战转化为机遇。你现在可以相信自己，因为你应该相信自己。这是你应得的。

每当你对自己失去信心时，只需阅读你以前的日记即可。当您学到宝贵的教训并推动自己前进时，请找到勇气。你之所以能成功，是因为你的技能、能力和毅力。

你可以做到。你能行的。只要对自己有信心。

如何确定前进的优先顺序

多年来，写日记帮助我不断前进。在安全的空间里写作，帮助我应对生活中的困难和挑战。在日记中倾吐心声后，我感觉轻松了许多，我很高兴这些年来日记帮助我治愈了创伤。因此，我制定了"卢卡斯日记法"（LJMethod），以简化写作过程，它帮助我在繁忙的工作中优先考虑向前迈进。

LJMethod 的视觉平衡原理让我一眼就能轻松处理自己的负面想法和情绪。当我看到向后箭头 ← 时，我会检查向前箭头 → 看看我是否采取了足够的行动来治愈并前进。我还检查我的双箭头↔，因为我知道生活中，有开心的事，也有悲伤的事。通过看到箭头所代表的我的行为模式，我知道如何更有效地针对我的负面情绪。我知道如何帮助自己，这样我才能更好地前进。通过将自己固定在前进的箭头和让我前进的事物上，我知道当我追求我的激情时，生活仍在继续。我选择在正确的方向上走得更远。

我拒绝沉溺于悲伤的回忆，因为它们无助于我前进。我知道可以从他们身上学到宝贵的教训，所以我用我的日记把它们写下来。我还想办法通过参加研讨会和网络研讨会来提高自己，这将有助于我在短时间内学习。我也是一个终生的读者，随身携带一本书或电子阅读器。我相信学习是前进的最佳途径，也是一次丰富的经历，从长远来看将使我受益匪浅。

现在，我的首要目标是出版这本书。我认为写日记仍然是一个被低估的习惯，尤其是我提倡的那种写日记。我已经看到了使用笔和纸来释放我的思想的变革力量。当我应用 LJMethod 时，我亲眼目睹了我的生活发生了怎样的改变。由于我们都在经历一些事情，我相信我的日记方法可以改变生活，并有助于许多人的性格发展。

为了前进，你必须专注于你的目标。将你的目标分解为可行的部分。写下您的前进箭头→，并庆祝您的胜利。写下你的向后箭头←，并想出改进的方法。然后，写下双箭头 ↔，看看如何将它们变成向前的方向。

每当你情绪低落时，请阅读以前的日记。看看这些箭头，并受到前进箭头的启发→。你一直是一个有能力的战士。继续打好仗。你可以继续前进，我相信你！

萨曼莎·盖尔·B·卢卡斯

如何写你的梦想成真

我仍然记得我早年当作家的日子。我曾经向各种出版物提交过我的作品。我被拒绝了好几次，这很令人沮丧。我利用这种挫败感来提高我的写作水平并建立更坚强的骨干。我参加了写作研讨会，并继续提交我的作品。在我意识到之前，我的作品就被出版物接受了。这恰好是我出版的第十三本书，我可以说我已经写下了我的梦想成真。

当我承认我需要提高我的写作水平时，我就开始了对自己的努力。我想成为一名出版作家，所以我每天都练习。写日记对我的写作过程有很大帮助，因为我能够在把自己的感受写在纸上的同时找到自己的声音。当我能够为选集做出贡献并出版自己的书籍时，我意识到我仍然可以改进我的日记过程。正是在这段时间，卢卡斯日记法或LJMethod 诞生了。

为了写下我的梦想成真，我首先需要知道我的梦想是什么。我在前进箭头旁边写下了每个梦想→。然后，我在向后箭头←旁边列出了每一个挫折。然后，我在双箭头↔旁边列出了每个适合我需要的培训和写作机会。学习机会对我来说既是快乐也是悲伤的时刻，因为它们让我感到写作的兴奋！悲伤的部分是我过去被拒绝的痛苦经历，我需要克服这些经历。我必须承认，我仍在不断进步，职业生涯早期经历的拒绝促使我磨练自己的技艺。因此，我调整了所有的箭头，并为我的目标采取了行动。

我重复这个过程，从未停止写作，并运用我的技能。我一直这样做，直到我在 2021 年出版了我的第一本书，在 2022 年获得了我的第一个写作奖，并在 2023 年出版了这本书。我仍在进行这个过程，因为我还有作品要写，还有工作要做。我还在为自己努力，我还有梦想要实现。唯一的区别是，我现在认为我的梦想就是我的目标，因为我采取行动让它们成真。

当你写下你的梦想时，要对自己诚实。请记住，你的日记是一个安全的空间来想象你的梦想。没有人会阅读你的参赛作品，也没有人会因为你的梦想而评判你。接下来，你必须找到实现它们的方法。如果您需要参加课程以提高技能，请这样做。不要害怕向可以帮助和指导您的专家寻求帮助。与您信任的朋友交谈，并寻求他们的诚实建议。请记住，归根结底，这些都是您的梦想。如果没有人会帮助和支持你，那么就准备好成为你的头号粉丝和支持者吧。我亲身了解这一点，因为当我开始成为一名作家时，我并没有得到很多支持。直到我发表后，人们才开始注意到。与那些已经实现目标的人交谈是人的本性。不要认为这是针对你个人的。只要有远大的梦想，记日记，然后付诸实践。你能行的！

您的"梦想成真"并不是您已经实现所有目标的那一刻。相反，这是一个了解自己想要什么、为自己努力并坚持不懈的过程。不要认为这段旅程是理所当然的，要相信这个过程。让你的前进箭头引导你过上你一直想要的生活！

如何有目的地写日记

写日记已成为我拯救生命的仪式。有些时候，我没有勇气向他人倾诉我所面临的挑战，但我能够在日记中为自己发声。正是从每天写作的纪律和习惯中，我学会了如何用心写日记。它帮助我成长，我相信从长远来看，它也会让你受益匪浅。

我首先留出时间来写作。我不会一边看电影或听音乐一边写作，因为我更喜欢专注于写日记。一旦我处于光线充足的舒适书写位置，我就会让自己的感受在纸上流淌。我写作不是为了给别人留下深刻的印象，因为我是为了自己。我什至不考虑别人会怎么看我，因为我的日记是我自己的安全空间。没有人会批评我的写作。我故意写作是为了我自己的治愈和个人成长。

在写日记成为我的日常习惯之前，我认为这是那些知道自己一生想做什么的人的爱好。我错了，因为没有人完全知道自己一生想做什么。这个世界上有如此多的道路，而写日记只是让旅程变得更加真诚和有目的的一种方式。它有助于指导您想要采取的方向，特别是在视觉平衡组件方面。当您在日记中看到箭头时，您会想起您的目标、您能够克服的困难以及帮助您成长的挑战。用它作为你过有意义的生活的指南。你自己的言语可以成为你的指南针,你自己的经历可以成为你的老师。

如果你不知道要写什么,那就从简单地想写开始。您想要在箭头旁边写下您的感受的愿望将帮助您开始写日记。请记住,卢卡斯日记方法或 LJMethod 使用箭头来简化您的写作。使用这种方法可以养成日常写作的习惯。这与你的日记条目有多长无关。相反,它是关于写作的经历以及你的日记习惯所创造的影响你写作的价值。

要知道,当您感到陷入困境时,总有一种方法可以继续您的写作。不管怎样,都有写的意图。写作时要有勇气对自己诚实。有时,您可能会发现写作很困难,因为您正在经历一些事情。通过箭头来表示这种经历,并通过写作来处理它。您可能会惊讶地发现写下自己的真实感受是多么容易。

成为一名有意识的作家始于写作的愿望和决心。通过 LJMethod 养成自己写日记的习惯,观察自己的成长,不仅是作为一名作家,而且是作为一个更充实的个人。

如何忍受你的后向箭头

我使用日记作为克服挑战的工具，它继续帮助我处理我的感受。我的生活绝对不完美，和每个人一样，我也有自己的问题和挫折。卢卡斯日记法或 LJMethod 让我有机会将问题分解为可解决的块，并且我用向后箭头 ← 表示它们。通过坚持记日记并采取必要措施将挫折转化为机遇，我学会了与他们共处。

我最大的挑战之一就是生活在悲伤之中。这些年来我失去了一些亲人，我认为悲伤只是暂时的。我从读过的书中意识到并了解到，悲伤是一个终生的过程。在我的日记中，我用双箭头↔代表悲伤，因为我想念我所爱的人，但我也很高兴他们不再痛苦。伴随着悲伤而来的是一些向后的箭头←，例如与我所爱的人的去世有关的任务，来自麻木不仁的人的不利评论，以及我独自一人的事实。当我把它们写在日记里时，我用向前的箭头→来跟进它们，这代表了一些积极的想法。悲伤期间发生的一些最好的事情是收到护理包裹、志愿服务街头儿童、读完一本书和锻炼身体。这些事情让我继续前进，而且他们仍然继续这样做。

每当我感到不知所措时，我就会写日记。大多数时候，压倒感可以通过分解其原因来解决。在向后箭头←旁边写下我的问题让我意识到它们只是我必须采取的方向。不过，这并不一定意味着我会无限期地走这个方向。这就是为什么我有前进箭头→带我回到正确的方向。我要带领自己走向目的地，我知道一路上如果不经历一些挫折就无法到达目的地。

每天写下我的向后箭头←训练了我的思想，让我认识到挑战只是暂时的情况。最重要的是我正在用自己的技能和毅力克服它们。我有责任将挫折转化为发挥创造力和跳出框框思考的机会。当然，寻求帮助永远不会错。学习新东西以尝试不同的方法永远不会太晚。重新开始永远不会错，就像我如何以新的箭头和新的视角开始每一篇日记一样。

我希望您所经历的任何事情都可以通过现有的解决方案得到解决。我知道写日记可以引导你实现目标，让你的梦想成真。向后箭头←是每个人生活的一部分。如果您需要额外的帮助，可以利用它们来学习宝贵的经验教训并联系合适的人。你能行的！

如何通过写日记改变你的方向

时间克服挑战的方法有很多。我最喜欢的方式是写日记,因为我可以立即帮助自己。在写日记的过程中没有取悦他人的压力,因为你只是为了自己而这样做。当谈到倾诉你自己之外的感受时,没有任何主题。除了对自己完全诚实之外,没有其他写日记的方法。

当我第一次开始写日记时,我害怕自己会感到羞耻。那时我经历了很多,直到我意识到这并没有什么问题。经历挑战并没有什么特别的。每个人都在经历自己的挑战。我正在经历我的事情,因为它是生活的一部分。我应该选择哪个方向取决于我。

卢卡斯日记法或 LJMethod 将通过我的视觉平衡技术帮助您改变方向。由于我使用箭头来代表您的感受,因此您很快就会看到自己的情况如何。如果您需要改变路径,只需写下双箭头 ↔ 和前进箭头 →。请记住,我们大多数人都是视觉型的人。我们通过观看和阅读来学习和吸收信息。当我们连续看到向后箭头←时,我们必须记住我们可以选择改变方向。我们需要写下不同的箭头，以便更好地改变我们的方向。

我们都有选择自己方向的自由。我们有能力为自己做决定。日记和 LJMethod 只是可以帮助和指导您的工具。归根结底，你的生活仍然是你的旅程，而你才是负责它的人。

如果您觉得生活中需要发生一些改变，请首先在前进箭头旁边写下一些您可以做的事情→。此过程中最重要的部分是您承诺通过采取必要的步骤来实现这些更改。您可以采取一些小步骤来实现这一目标。你可以从小事做起，影响仍然很大。您所要做的就是尝试。

当我继续实践 LJMethod 时，我注意到我成为了自己的责任伙伴。我很高兴能够实现自己的改变，因为我把它们写在我的日记里。亲手写下你的计划有一种神奇的效果。它让您更加专注和更有动力去实现您的目标。您还可以对自己做出承诺，因为您可以一遍又一遍地阅读日记条目。你的旅程记录在你的日记中，你的方向由你写下的箭头指示。您的努力正在使这些计划得以实现。你正在为自己实现这一切。你应该为自己感到骄傲。

您可以通过日记来改变自己的方向。改变永远不会太晚，任何努力都不会白费。尽管继续！

如何获胜并继续前进

在写这一章的时候，我一边喝着咖啡，一边享受着外面的雨声。我很开心，因为我可以做自己喜欢的事情，比如成为一名出版作家。完成工作后，我还可以享受看电影和阅读书籍的乐趣。如果没有我对自己手艺的执着以及对目标的认识，这些小小的胜利是不可能实现的。写日记让我始终专注于我的目标，我通过努力和勇气实现了这些目标。

请记住，日记只是帮助您实现目标的工具。你仍然需要努力工作并犯错误。您需要分配时间来实现您的目标。你需要做出牺牲，你必须放弃生活中的人。建立例行程序以使您的任务更轻松且更易于管理也很重要。最后，您需要始终保持在正轨上。如果您发现自己迷失了方向，请始终提醒自己，您有能力重新引导自己。

卢卡斯日记方法或 LJMethod 每天都会提醒我要去哪里，以及我来自哪里。我的箭头强调了前进的重要性，这是我视觉平衡技术的基石。你对自己的生活负责，因为你掌控自己的方向。人生充满曲折，改变是不可避免的。您的日记将作为您的生活指南。当您实现目标时，请记住您的工作仍在进行中。你的成功之所以成为可能，是因为你拒绝放弃自己和你的梦想。

我希望你的箭头将继续引导你走向正确的方向。希望你继续努力，保持谦虚。愿您继续书写您的梦想成真，脚踏实地，伸手摘星。

继续前进→！

关于作者

萨曼莎·盖尔·B·卢卡斯

Samantha Gail B. Lucas 自 2017 年 5 月以来一直在她的网站 www.speakoutsam.com 上撰写博客。此后,她通过她的网站参加了多次会议、研讨会和交流机会。她定期分享她最喜欢的当地发现、美食冒险、慈善倡导和媒体合作伙伴关系。她毕业于亚洲及太平洋大学,获得人文学士学位。《卢卡斯日记方法》是她出版的第十三本书。她目前居住在菲律宾奎松市。

www.ingramcontent.com/pod-product-compliance
Lightning Source LLC
LaVergne TN
LVHW041637070526
838199LV00052B/3406